LEKTÜRE HILFE

Die Geschichte der Baltimores

Joël Dicker

LEKTÜRE HILFE

Die Geschichte der Baltimores

Joël Dicker

Verfasst von Éléonore Quinaux
Übersetzt von Mareike Lobeck

DER QUERLESER

DER QUERLESER

Auf derQuerleser.de findest Du:
Zahlreiche verständliche und detaillierte Lektürehilfen in Nullkommanichts in digitaler Version oder als Taschenbuch.

JOËL DICKER

SCHWEIZER SCHRIFTSTELLER MIT EINER BEGEISTERUNG FÜR DIE USA

- **Geboren 1985 in Genf**
- **Einige seiner Werke:**
  - *Le Tigre* (2005), Novelle
  - *Die Wahrheit über den Fall Harry Quebert* (2012), Roman
  - *Die Geschichte der Baltimores* (2016), Roman

Joël Dicker, der in Genf Jura studierte, stammt aus einer literaturbegeisterten Familie. Schon von klein auf interessierte er sich daher für Bücher und gründete im Alter von zehn Jahren die Zeitung *La Gazette des animaux*, die er einige Jahre lang führte. 2005 wurde er für seine Nouvelle *Le Tigre* (auf Deutsch „Der Tiger"[1]) mit dem Prix International Jeunes Auteurs von Lausanne ausgezeichnet (ein Schweizer Literaturpreis, der Autoren unter 20 ehrt) und erlangte so erste Bekanntheit.

---

1. Titel übersetzt für derQuerleser.

Dicker wendete sich anschließend dem historischen Roman zu und gewann mit *Les Derniers Jours de nos pères* (auf Deutsch „Die letzten Tage unserer Väter"[2]) 2010 den Genfer Literaturpreis Prix des écrivains. Der wirkliche Durchbruch in der Literaturwelt gelang ihm jedoch erst mit *Die Wahrheit über den Fall Harry Quebert* (2012). Zudem wurde er für diesen Roman mit dem französischen Literaturpreis Prix Goncourt des Lycéens und dem Grand Prix du Roman der Académie française ausgezeichnet. Die Handlung spielt in Nordamerika, einer Region, der sich der Autor besonders verbunden fühlt, da er hier in seiner Kindheit den Großteil seiner Ferien verbrachte.

---

2. Titel übersetzt für derQuerleser.

DIE GESCHICHTE DER BALTIMORES

EINE ZEITGENÖSSISCHE AMERIKANISCHE FAMILIENSAGA

- **Textgattung:** Roman
- **Herangezogene Ausgabe:** Dicker, Joël: *Die Geschichte der Baltimores.* Aus dem Französischen von Brigitte Große und Andrea Alvermann. Piper Verlag: München/Berlin 2016.
- **Erstausgabe:** 2015
- **Themen:** Familiensaga, Aufstieg, Niedergang, Rivalität, USA

In diesem 2015 erschienenen Roman wird die Geschichte des erfolgreichen Schriftsteller Marcus Goldman, Protagonist in *Die Wahrheit über den Fall Harry Quebert*, wieder aufgegriffen. Dieses Mal handelt es sich jedoch nicht um einen Kriminalroman, sondern eine Familiensaga. Marcus' Großeltern haben zwei Söhne, die jeweils einen neuen Zweig im Stammbaum bilden:

die Goldmans von Montclair und die Goldmans von Baltimore.

Marcus stellt Nachforschungen über die Zeit von den 1960er Jahren bis heute an, spricht mit Zeitzeugen und enthüllt so Familiengeheimnisse, die ihm vor Augen führen, wie schwer Unausgesprochenes und Lügen auf uns lasten können. Wie ein Ermittler spürt der Ich-Erzähler immer mehr dunkle Aspekte der komplexen Familiengeschichte auf. Dabei beginnt Marcus daran zu zweifeln, seine Familie wirklich zu kennen und fragt sich, ob die Idealisierung seiner Kindheit tatsächlich gerechtfertigt ist. Eifersucht, Rivalität und Rache treiben die Handlung des an der Ostküste der USA spielenden Romans an.

INHALTSANGABE

EIN ROMAN, UM SICH VON DER VERGANGENHEIT ZU BEFREIEN

An Thanksgiving, im November 2012, hält ein Wagen in Montclair, New Jersey. Der Schriftsteller Marcus Goldman und die seit acht Jahren von ihm getrennte Alexandra Neville steigen aus, um gemeinsam Marcus' Eltern zu besuchen. Marcus hat große Neuigkeiten: Er will nicht länger seine Vergangenheit idealisieren, die vielleicht gar nicht so rosig war, wie er seine Jugend in Erinnerung hat. Daher hat er beschlossen, seinen nächsten Roman *Die Geschichte der Baltimores* seinem Onkel in Baltimore, Saul Goldman, zu widmen, den er immer bewundert hat. Nach dem Erfolg seines Romans *G wie Goldstein*, den er 2006 seinen Cousins Hillel und Woody gewidmet hatte, wird es für Marcus nun Zeit, sich von der Vergangenheit und deren dunklen Geheimnissen zu befreien.

Der 24. November 2004 beschäftigt Marcus besonders. An diesem Tag erschoss Saul Goldmans

Sohn Hillel in Baltimore seinen Adoptivbruder Woody und anschließend sich selbst. Nach wie vor ist ungeklärt, wie es in einer so glücklichen Familie zu einem so schrecklichen Drama kommen konnte.

KINDHEITSERINNERUNGEN

Marcus zieht sich nach Boca Raton (Florida) zurück, um in Ruhe schreiben zu können, weiß jedoch noch nicht worüber. Hier lenkt ihn ein scheinbarer Streuner namens Duke von seinem Roman ab. Marcus findet heraus, dass der Hund Kevin Legendre gehört, einem professionellen Hockeyspieler, der mit Marcus' Exfreundin Alexandra zusammen ist. Die Erinnerung an die gemeinsame Zeit und die Gefühle, die er immer noch für sie empfindet, obwohl ihre Trennung acht Jahre zurückliegt, lassen Marcus über die Geschichte seiner Familie nachdenken.

Marcus hat Alexandra nämlich durch seine Cousins Hillel Goldman und Woodrow Finn kennengelernt. Letzterer war ein von seinen Eltern zurückgelassener kleiner Raufbold, dessen Schicksal die Familie Goldman von Baltimore so berührte, dass sie ihn in ihren Kreis aufnahm und bald darauf adoptierte. Als er klein war, verbrachte Marcus so viel Zeit, wie er konnte, mit dieser in seinen Augen traumhaften Familie, die mit seiner eigenen, wesentlich gewöhnlicheren, nichts gemein zu haben schien. Sein Onkel Saul, ein brillanter Anwalt, war mit der wunderbaren Ärztin Anita verheiratet und hatte durch lukrative komplexe Finanzgeschäfte schnellen Wohlstand erlangt. Außerdem war er der eindeutige Favorit der Goldman-Großeltern. Jedes Thanksgiving hatte Marcus das Gefühl, aus einem bedeutungslosen Zweig der Familie abzustammen. Um selbst ein wenig von dem Wohlstand mitzuerleben, verbrachte er viel Zeit in Baltimore und den Hamptons (einer New Yorker Halbinsel, die vielen Superreichen als Wochenend- und Ferienresidenz dient). Dort gründete Marcus mit seinen Cousins die Goldman-Gang. Die Jungen ergänzten sich gegenseitig: Hillel, der unerkannte Hochbegabte wurde von dem sportlichen und unerschrockenen Woody unterstützt und verteidigt. Dieser leitete die Gruppe, während der ruhige, überlegte Marcus darunter litt, aufgrund seiner Herkunft aus Montclair nicht wirklich dazu zu gehören.

ZWEI RIVALISIERENDE BRÜDER

Die Goldmans von Baltimore sind jedoch nicht immer in dieser glücklichen Lage gewesen. Von ihrem sozialen Aufstieg bis zu ihrem Niedergang spielte Rivalität eine große Rolle. So erfährt Marcus bei seinen Nachforschungen, dass sein Onkel keineswegs immer der Liebling seiner Eltern gewesen war, sondern sein Großvater Max eigentlich Marcus' Vater Nathan vorgezogen hatte. Max hatte sich nämlich gewünscht, dass sein Sohn mit ihm gemeinsam seine Firma für medizinische Geräte leitete. Er verstand daher nicht, warum Saul unbedingt Medizin studieren wollte, und erlaubte ihm lediglich, an einer weniger angesehenen Universität als sein Bruder BWL zu studieren. Aufgrund der Ansätze, die Saul von seinem Bürgerrechtsprofessor übernahm, obwohl sie denen seines Vaters widersprachen, wollte dieser nichts mehr mit ihm zu tun haben.

Als Max' Firma drohte in Konkurs zu gehen, nahm Nathan jedoch erneut Kontakt zu Saul auf. Mit dessen Kenntnissen im Unternehmenskauf und -verkauf rettete er die Firma und riet seinem Bruder und seinem Vater, das aus den

Transaktionen gewonnene Geld in Aktien zu investieren. Jeder erhielt beim Verkauf der Firma 600.000 Dollar, doch nur Saul investierte seinen Anteil an der Börse, wo sich der Wert seiner Aktien schließlich verdoppelte. Neidisch auf den Erfolg seines Bruders ließ auch Nathan die väterlichen Ersparnisse in Aktien umwandeln, allerdings zu spät. Anstatt auf Sauls Warnungen vor einem Kurseinbruch zu hören, blieb Nathan bei seinem Vorhaben und verlor so das gesamte Vermögen. Damit kehrten sich die Rollen um: Lieblingssohn Nathan wurde zwar nicht von seiner Familie verstoßen, doch Max war von nun an von der Rente abhängig, die Saul ihm für seinen Lebensunterhalt überwies.

DIE GESCHICHTE WIEDERHOLT SICH

Diese Rivalität zwischen Nathan und Saul übertrug sich auch auf ihre Söhne. Saul adoptierte Woody, wodurch Hillel einen Bruder bekam. Der muskulöse Woody war ein Frauenschwarm – und damit das genaue Gegenteil von Hillel. Während diese äußeren Unterschiede sie in ihrer Kindheit zunächst zusammenschweißten, wirkten sie sich zum Ende der Schulzeit und an der Universität sehr negativ auf ihre Beziehung aus, was von den Menschen ihrer Umgebung jedoch weitgehend unbemerkt blieb. Als Marcus diese befragt, ist seine Überraschung groß. Das idealisierte Bild, das er von seinen Cousins hatte, löst sich langsam auf. So spielten sie nicht aus Spaß Football, sondern aus Rivalität. Hillel wollte der beste Trainer sein, um seinen Eltern seine intellektuelle Überlegenheit zu beweisen, weil er sich von Woodys sportlichen Leistungen in den Hintergrund gedrängt fühlte. Dieser versuchte hingegen so gut zu spielen, um ein Universitätsstipendium zu erhalten, seinen Adoptiveltern so eine Freude zu bereiten und sich seinen Platz in der Familie zu verdienen.

In der Zeit dieses ersten Konflikts lernten sie Scott Neville kennen, Alexandras Bruder. Marcus kam der jungen Frau näher und ermutigte sie unermüdlich, ihren Traum von einer musikalischen Karriere weiter zu verfolgen. Während ihrer mehrmonatigen Beziehung bemerkte er die sich ausbreitende Kluft zwischen den Adoptivbrüdern jedoch weiterhin nicht. Nachdem Alexandras Vater, Patrick Neville, ihnen geraten hatte, an die Universität von Madison zu gehen, machten

Hillel und Woody ihn zu ihrem Mentor und konkurrierten nun darum, wen von beiden Patrick mehr mochte.

Saul, der glaubte, seine Vaterrolle an diesen reicheren Rivalen zu verlieren, verschuldete sich, um dem Stadion der Universität seinen Namen zu geben. Woody bat ihn zudem, den Namen der Goldmans auf seinem Trikot tragen zu dürfen. Für Hillel war dies der Tropfen, der das Fass zum Überlaufen brachte. Heimlich mischte er Woody Dopingmittel unter, sodass dieser keinen Platz in der Nationalmannschaft erhielt. Als Anita von den ominösen Schulden ihres Ehemanns erfuhr, trennte sie sich von Saul und fand an der Seite von Patrick Neville moralischen und emotionalen Beistand. Als Woody die beiden am Valentinstag überraschte, lief er, schockiert über den vermeintlichen Ehebruch, davon. Bei dem Versuch ihn einzuholen, um das Missverständnis aufzuklären, wurde Anita von einem Lieferwagen überfahren. Von Schuldgefühlen geplagt, zog sich Woody anschließend zurück und blieb in Madison bei seiner Freundin Colleen, einer Tankstellenangestellten, deren von ihr geschiedener Ehemann, Luke, zu der Zeit drei Jahre im Gefängnis saß.

EIN DRAMA MIT ANKÜNDIGUNG

Als Marcus sein Studium beendete, war die Familie bereits auseinandergebrochen, weswegen er beschloss Alexandra nach Nashville zu begleiten, wo sie ihren Durchbruch als Sängerin versuchen wollte. Auf ihren Rat hin beschloss er, sich mit den Goldmans zu versöhnen. Nach einem gelungenen Wiedersehen, versprachen sich die Familienmitglieder, Thanksgiving zusammen zu feiern – doch dazu sollte es nicht mehr kommen. Luke wurde aus dem Gefängnis entlassen, überraschte Woody und Colleen in ihrem Haus und schlug auf das Paar ein. Als er seine Freundin auf dem Boden liegen sah, schoß Woody auf Luke und tötete ihn.

Woody plädierte auf Notwehr, verlor jedoch den Prozess. Damit Colleen nicht ins Gefängnis musste, bekannte Woody sich schuldig. Er wurde zu fünf Jahren Freiheitsstrafe verurteilt, die er einige Tage später in der Strafanstalt von Cheshire antreten sollte. Hillel hätte ihn dorthin begleiten sollen, doch ein Marshal informierte Saul später, dass sie niemals angekommen seien. Ihr Plan war es, nach Kanada zu fliehen, allerdings wurden sie entdeckt und kamen mit dem Bus zurück nach Baltimore. Als die Polizei sie aufspürte, beschlossen sie, sich umzubringen.

Nach diesem Drama lebte Saul Goldman noch einige Jahre in einem kleinen Haus in Coconut Grove in Florida, bevor er an Bauchspeicheldrüsenkrebs starb. Marcus fühlt sich nach dem Aufdecken der Familiengeschichte von den Dämonen der Vergangenheit befreit.

PERSONENANALYSE

MARCUS GOLDMAN

Marcus ist der Erzähler des Romans. Der amerikanische Schriftsteller jüdischer Herkunft wurde an der Ostküste der USA geboren und wohnt in Montclair in New Jersey. Er ist Einzelkind einer Mittelschichtfamilie und beneidet bis in seine Dreißiger den Familienzweig des Bruders seines Vaters, die Goldmans von Baltimore. Seinen Cousins gegenüber hat er seine Eltern stets schlechtgemacht, weil er sich für ihre bescheidenen Verhältnisse schämte.

Als Jugendlicher verbrachte er Thanksgiving mit der ganzen Familie bei seinen Großeltern in Florida und besuchte seinen Onkel Saul, so oft er konnte. Seine Schulferien verbrachte er außerdem in Sauls Villa in den Hamptons und dem später erstandenen Luxusapartment Buenavista. Nach dem Besuch einer öffentlichen Schule studierte er an der literaturwissenschaftlichen Fakultät der Universität in Massachusetts, wo er einige Texte in der Universitätszeitung veröffentlichte.

Sein Erfolg als Schriftsteller machte ihn zu einem sehr wohlhabenden Mann. Er besitzt eine Wohnung in New York im West Village und hat sich eine Villa in Boca Raton, Florida, gekauft, um in Ruhe schreiben zu können. Dort leistet ihm sein Nachbar und Freund Leo Gesellschaft, ein Professor im Ruhestand, der auch gerne Schriftsteller geworden wäre, dabei jedoch keinen Erfolg gehabt hat.

Marcus war sich schon lange bewusst, dass das Verhältnis zwischen seinem Vater und seinem Onkel Saul angespannt war, wusste aber nicht weswegen. Erst ein paar Kommentare seiner Mutter ließen ihn aufhorchen. Marcus hat seinen Onkel immer bewundert, unabhängig von dessen finanziellen Situation. Dabei hebt er besonders Sauls Würde und immerwährende Freundlichkeit hervor, weshalb er sich auch entschieden hat, ihm bis zu seinem Tod zur Seite zu stehen. Aus diesem Grund beschließt Marcus, Nachforschungen über die Familiengeheimnisse anzustellen, um heraus-zufinden, was sich hinter dem Nichtgesagten und den seltsamen Verhaltensweisen der einzelnen Familienmitglieder verbirgt. Lange Zeit hatte er gedacht, ein Außenseiter und für die Familie durchaus ersetzbar zu sein. Während seinen

Nachforschungen wird ihm jedoch bewusst, dass er immer von allen bewundert worden ist, selbst von denen, die er für intelligenter und begabter hielt als sich selbst, so zum Beispiel von seinem Cousin Hillel.

Marcus ist in Alexandra Neville verliebt. Zu Beginn des Romans ist er seit acht Jahren von ihr getrennt, gegen Ende kann er sie jedoch wieder zurückgewinnen. Frauen gegenüber ist er etwas unbeholfen und er denkt sich abstruse Pläne aus, um Alexandra erneut von sich zu überzeugen. Schließlich fährt er zu ihr nach England. Er ist der Einzige, der immer an sie geglaubt hat – noch bevor sie zum Star wurde – und hat sie nach Nashville begleitet, um sie bei ihrem Traum einer Karriere als Sängerin zu unterstützen.

SAUL GOLDMAN

Saul war der älteste Sohn von Max und Ruth Goldman. Er wurde in Secaucus, New Jersey, geboren. Aufgrund der Intelligenz seines Sohns wollte Max ihn mit zum Unternehmensführer seiner Firma machen. Saul, der sich zunächst hervorragend mit seinem Bruder verstand, wollte jedoch stattdessen Medizin studieren.

Dass er von seinem Vater auch eine gewisse Sturheit geerbt hatte, half nicht dabei, den Konflikt zwischen Vater und Sohn beizulegen. Sie sprachen 12 Jahre nicht miteinander.

In seinem Studium war er fasziniert von seinem Professor Hendricks, dessen Tochter Anita er später heiratete. Gemeinsam hatten sie einen Sohn, Hillel. Der Dozent setzte sich für Bürgerrechte ein und nahm die beiden mit zu einigen Demonstrationen. Saul lernte so die verschiedenen Staaten kennen und entwickelte ein Projekt von Niederlassungen der väterlichen Firma. Max hörte ihm jedoch nicht zu. Nach seinem Jurastudium arbeitete sich Saul langsam hoch, spezialisierte sich in Finanzgeschäfte und gründete seine eigene Anwaltskanzlei, wodurch er immer wohlhabender wurde.

Saul engagierte sich ehrenamtlich für mehrere Organisationen. Besonders berührte ihn das Schicksal eines von seinen Eltern verlassenen Jungen, Woodrow Finn, den er schließlich adoptierte. Saul besaß schöne Autos und große Anwesen, zudem übernahm er nach der unglücklichen Investition von Nathan alle Ausgaben seine Eltern. Er war so bekannt, dass er bei wichtigen Ereignissen auch im Fernsehen zu sehen war. Die Bewunderung seiner Frau, seines Sohns, seiner Familie im Allgemeinen und seiner Freunde bedeutete ihm sehr viel.

Sein ganzes Leben lang sah Saul in anderen Rivalen: in seinem Bruder, seinem Vater und in Patrick Neville. Er hatte ein stetes Bedürfnis nach Bestätigung. Nachdem ihm von seiner eigenen Anwaltskanzlei wegen Veruntreuung von Geldern gekündigt worden war, wurde sein Haus in Baltimore beschlagnahmt und er ließ sich nach dem Tod seiner Söhne in Florida nieder. Obwohl er seine Villa in den Hamptons und sein Apartment Buenavista verkauft hatte, musste er schließlich als Kassierer in einem Supermarkt arbeiten, weil er aufgrund der Subprimes-Krise das Geld, das ihm noch geblieben war, verloren hatte. Saul starb in Anwesenheit von Marcus und seiner Haushälterin und Freundin Faith in seinem kleinen Haus in Florida.

Die Subprimes-Krise

Im Jahr 2007 kam es zur Subprimes-Krise. Subprimes bezeichnen riskante amerikanische Hypothekenkredite, die seit 2001 von

Banken massenweise auch an einkommens-schwache Haushalte zum Hausbau verge-ben wurden. Diese hochriskanten Kredite wurden an verschiedene Finanzakteure verkauft, die diese jedoch nicht behielten, sondern mit höchstmöglichem Gewinn weiterverkaufen wollten. Als immer mehr Kreditnehmer nicht mehr in der Lage wa-ren, ihre Subprime-Raten zurückzuzahlen und ihre Häuser konfisziert und verkauft wurden, um die Banken zu entschädigen, ließ dies die Immobilienwerte allgemein sinken – auch die der gewissenhaften Kreditnehmer. Ein Domino-Effekt führte nach der Immobilienkrise auch zum Zusammenbruch des Finanzsektors und im Folgejahr zu schwerwiegenden Problemen in der Weltwirtschaft.

WOODROW FINN

Woodrow Marshal Finn wurde bei der Geburt von seiner Mutter verlassen. Auch sein Vater gab ihn kurze Zeit später auf, weil er erneut heiratete und es in seiner neuen Familie für seinen ersten Sohn keinen Platz gab. Woody, der aus einem

Viertel im Osten Baltimores stammte, das für eine hohe Anzahl von Drogenabhängigen und anderen Menschen vom Rande der Gesellschaft berüchtigt war, wurde in einem Heim für schwererziehbare Kinder untergebracht, das von Artie Crawford, einem Freund von Saul Goldman geführt wurde.

Woody war ein lieber Junge, brachte sich mit seinem hitzigen Gemüt jedoch immer wieder in brenzlige Situationen. Saul rettete ihn einige Male und Woody versprach ihm, sich nicht mehr zu prügeln. Er fühlte sich dem Anwalt verpflichtet und wollte zunächst als Dank seinen Rasen mähen. Dabei kam Saul jedoch auf die Idee, ihn für Bank, den Gärtner der Gegend, arbeiten zu lassen. Woody beschützte Hillel vor den wiederholten Angriffen von dessen Mitschülern und wurde so nach und nach zu einem Teil der Familie und quasi Bruder für Hillel. Die beiden waren zwar im gleichen Alter, Woody war ihm jedoch schon immer körperlich überlegen. Er spielte zunächst Basketball, wendete sich dann aber dem American Football zu, als er erfuhr, dass dies der Lieblingssport seines leiblichen Vaters war. Nach einem enttäuschenden Besuch bei seinem alkoholabhängigen Vater, der sich überhaupt nicht für seinen Sohn interessierte, beschloss Woody, ihn nie wieder zu kontaktieren.

Woody setzte sich voll und ganz für die Goldmans ein und beschützte Hillel vor allen potenziellen Angreifern. Die beiden Jungen wurden nicht nur unzertrennlich, sondern auch Rivalen. Woody war ebenfalls in Alexandra Neville verliebt, versuchte aber nicht, sie für sich zu gewinnen, als er erfuhr, dass Marcus mit ihr zusammen war. Er verschrieb sich daraufhin stattdessen komplett dem Sport und wurde einer der Topspieler der Universitätsmannschaft in Madison. Ein positiver Dopingtest beendete allerdings seine Karriere, obwohl er sich für unschuldig erklärte. Als er herausfand, dass Hillel ihm die Mittel verabreicht hatte, wollte er seinen Mentor und Sportagenten Patrick Neville davon erzählen, fand diesen jedoch in Begleitung von Anita. Sie starb am selben Abend, nachdem sie von einem Lieferwagen überfahren wurde, woran Woody sich die Schuld gab.

Woody hatte ein Verhältnis mit Colleen, einer geschiedenen Tankstellenangestellten. Er hatte sie gegen ihren gewalttätigen Ex-Mann, Luke, verteidigt und seinen Teil zu dessen Verhaftung und Verurteilung beigetragen. Als dieser aus dem Gefängnis entlassen wurde, tötete Woody ihn bei einer gewaltsamen Auseinandersetzung und wurde dafür zu fünf Jahren Haft verurteilt. Er floh in Begleitung seines Bruders Richtung Kanada, allerdings setzte der Mord eines Polizisten dieser Flucht ein plötzliches Ende. Auf seine Bitte hin tötete Hillel Woody mit einem Schuss in den Nacken, als sie zurück in ihrem Haus in Baltimore waren.

HILLEL GOLDMAN

Hillel war klein, schwächlich, sehr intelligent und absolut kein Gruppenmensch. Er stand im ständigen Konflikt mit seinen Mitschülern und seine Eltern ließen ihn häufig die Schule wechseln. Mit seiner aufsässigen Art war er außerdem eine Last für seine Lehrer. Schließlich begann er an einer Privatschule in Baltimore, wurde dort allerdings regelmäßig von einem Mitschüler verprügelt, den alle Porc nannten. Um von seinen Eltern nicht auf eine Sonderschule geschickt zu werden, verheimlichte er ihnen dessen Angriffe und wurde von Woody beschützt.

Nachdem Hillel den Schuldirektor in flagranti beim Ehebruch erwischt hat, erpresste er ihn, damit auch Woody auf dieselbe Schule gehen konnte. Die Brüder gingen anschließend auf eine öffentliche weiterführende Schule, wo Woody Spieler einer guten Football-Mannschaft werden konnte und Hillel Co-Trainer wurde. Nachdem Hillel den an Mukoviszidose (Krankheit, die zu schwerwiegenden Atemproblemen führt) erkrankten Scott Neville mitten in einem Football-Spiel auf das Feld zwang und so dessen vorzeitigen Tod herbeiführte, wurde er der Schule verwiesen und musste auf eine Sonderschule gehen. Diese Veränderung erfüllte ihn mit Groll gegen Woody, der in der Nähe seiner Eltern bleiben durfte.

Hillel war von Anfang an in Alexandra Neville verliebt, nahm jedoch schließlich hin, dass sie mit Marcus zusammen war. Patrick Neville schätzte ihn sehr für seinen Scharfsinn, seine Intelligenz und sein Interesse für Politik, weswegen er ihn an der Universität von Madison aufnahm. Aus Eifersucht auf Woodys sportlichen Erfolge, dopte Hillel ihn mit Talacen, einem Morphium-ähnlichen Medikament. Gleichzeitig lenkte er mit seinen für die Universitätszeitung geschriebenen

Artikel die Aufmerksamkeit seiner Professoren auf sich. Er ließ sich einen kurzen Bart stehen und sah immer mehr wie ein Intellektueller aus, wobei er nun auch nicht mehr so schmächtig war wie früher.

Um seine Schuld Woody gegenüber wieder wett zu machen, willigte er ein, ihn zum Gefängnis von Cheshire zu fahren und mit ihm zu fliehen. Er nahm seine gesamten Ersparnisse von 200.000 Dollar mit, die man ihnen jedoch stahl. Es war seine Waffe, mit der Woody einen Polizisten tötete und Hillel später in der Villa in Baltimore auf Bitten seines Bruders diesen und danach sich selbst erschoss.

ALEXANDRA NEVILLE

Alexandra ist zwei Jahre älter als Hillel und Marcus und hatte auf die Familie Goldman bei ihrem Kennenlernen eine so phänomenale Wirkung, dass sich alle Jungen in sie verliebten. Sie ist die Schwester von Scott, über den sie sich kennenlernten. Alexandra hat eine helle Haut, blonde Haare und mandelförmige Augen. Dank ihres großen musikalischen Talents und Marcus' Unterstützung wurde sie eine erfolgreiche Sängerin.

Mit Aufnahme ihres Studiums in Madison beendete Alexandra ihre kurze Beziehung mit Marcus im Alter von ungefähr 17 Jahren. Nach ihrem Abschluss kamen sie jedoch wieder zusammen. Um Marcus' Cousins nicht zu verletzen, die immer noch in sie verliebt waren und mit denen Marcus einen Pakt geschlossen hatte, Alexandras Nähe zu meiden, hielten sie ihre Beziehung zunächst geheim. Alexandra war Marcus' erste große Liebe und ließ ihn verstehen, was Eifersucht bedeutet. Letztendlich waren sie jedoch für lange Zeit ein Paar.

Nach dem Drama um seine Cousins verließ Marcus Alexandra während eines Urlaubs auf den Bahamas. Sie gestand, dass sie von deren tödlichen Fluchtplan gewusst, sie Hillel und Woody aber gebeten hatte, Marcus nichts zu sagen, um ihn zu schützen.

Acht Jahre später trifft sich das Paar wieder, als Marcus nach Florida zieht. Alexandra lebt mit dem professionellen Hockeyspieler Kevin Legendre zusammen und hat keinerlei Absichten, diesen zu verlassen. Ihr Hund Duke, den sie nach der Trennung von Marcus gekauft hatte, wird sie jedoch wieder zusammenbringen.

Alexandra wird sich ihrer Gefühle bewusst, die sie noch immer für Marcus empfindet, und verlässt Kevin. Sie hilft Marcus aus der Ferne bei den Nachforschungen über seine Familie und sagt ihm schließlich, dass sie in London ist, wo sie sich am Ende der Recherchen treffen.

INTERPRETATION

FAMILIENSAGA

Der Begriff „Saga" kommt aus dem Isländischen und bedeutet so viel wie „Geschichten erzählen". Ursprünglich bezeichnete eine Saga zwar eine Sammlung historischer Prosa-Erzählungen und -Legenden, die Bedeutung wurde aber schnell auf die Kategorie der „Familiensagen" oder „Island-Sagen" ausgeweitet, wo – wie im Heldenlied – die Verdienste von Klans und Familien des 10. und 11. Jahrhunderts gerühmt werden. Die Erzählungen haben dabei einen mythischen, quasi übernatürlichen, Charakter. Schließlich wird der Begriff „Saga" auch auf Romanzyklen übertragen, die die Geschichte einer Familie über mehrere Generationen hinweg erzählen.

Wie Joël Dicker in einem Interview selbst angab, handelt es sich bei der Geschichte der Goldmans tatsächlich um einen Romanzyklus, den er zunächst als eine amerikanische Trilogie anlegen wollte. Da er selbst einige Zeit in den USA verbracht hat, ließ er sich von den wahren

Gegebenheiten an der Ostküste inspirieren. *Die Geschichte der Baltimores* ist in der Zeit zwischen Veröffentlichung und Werbung für *Die Wahrheit über den Fall Harry Quebert* entstanden und stellt den eigentlichen Band der Saga dar, während *Die Wahrheit über den Fall Harry Quebert* lediglich eine Art Fortsetzung ist, die sich um ausschließlich um Marcus Goldman dreht.

Hinzu kommt, dass es sich – der Definition der Saga entsprechend – um eine Erzählung über mehrere Generationen hinweg handelt. So werden alle Familienmitglieder beschrieben, von den Großeltern Goldman, ihren beiden Söhnen (Saul und Nathan) bis zu ihren direkten (Hillel und Marcus) und indirekten Nachkommen (Woody). Wie in einem Sittenroman von Balzac (französischer Schriftsteller, 1799-1850) enthält die Saga ebenso diverse Intrigen und psychologischen Reaktionen der Familie.

Eine Familiensaga enthält außerdem Geheimnisse und Intrigen, die eine gewissen Faszination bei den Protagonisten hervorrufen. In *Die Geschichte der Baltimores* übt Saul Goldman diese Faszination auf seinen Neffen aus. Marcus deckt jedoch einige Unstimmigkeiten und wenig ehrenhafte Machenschaften von seinem Onkel und anderen Personen auf, die er immer für vorbildlich gehalten hatte. Familiengeschichten basieren in der Regel auf Geheimnissen – und davon mangelt es diesem Roman in keiner Weise.

BRÜDERLICHE RIVALITÄT

Das Thema der Rivalität zwischen Brüdern (ob blutsverwandt oder nicht) beherrschte schon die uns überlieferten mythischen und historischen Erzählungen. Ein bekanntes Beispiel ist die biblische Geschichte von Kain und Abel, in der Kain seinen Bruder aus Neid tötet, weil Gott dessen Opfer vorzog. Ein anderes Beispiel ist der Brüdermord in der griechischen Mythologie, wo sich Eteokles und Polyneikes im Streit um die Macht über Theben gegenseitig töten. In *Die Geschichte der Baltimores* betrifft die brüderliche Rivalität gleich zwei Generationen: Saul und Nathan ebenso wie Hillel und Woody. Dabei ist festzustellen, dass Max Goldman diese Rivalität zwischen seinen Söhnen anfeuert, indem er Nathan als Goldjungen ansieht, der den väterlichen Aufstiegswünschen gerecht wird, und Saul als das schwarze Schaf, der nach anderem strebt.

In der Psychologie wird angenommen, dass Geschwister zwar die allgemeine Entwicklung fördern, die individuelle dabei jedoch gebremst wird. Dies liegt einerseits daran, dass die Freiheit des Kindes durch den Raum, den das andere Kind – Bruder oder Schwester – einnimmt, begrenzt ist. Andererseits können die Eltern innerhalb der Familie nicht anders, als die Verdienste oder Fehler des einen oder anderen hervorzuheben. So entsteht – eventuell lediglich unterbewusst – eine Rivalität innerhalb der Familie, besonders bei Kindern des gleichen Geschlechts, um die Anerkennung der Eltern. Jedes Kind erreicht einen Punkt in seiner Entwicklung, wo es die Bestätigung seiner Individualität sucht, weswegen dann Spannungen und Eifersucht zu Tage treten.

Laut der amerikanischen Psychologin Sylvia Rimm ist Rivalität vor allem unter gleichaltrigen Kindern ausgeprägt, oder auch wenn eines der Kinder besondere Eigenschaften aufweist oder hochbegabt ist. Bei Hillel und Woody sind es die besonderen Eigenschaften, die sie entzweit. Sie konkurrieren unablässig um den Platz des elterlichen Lieblings, der eine, weil er ein „echter" Goldman ist, und der andere, weil er diesen Namen annehmen will.

DER ANGEKRATZTE AMERIKANISCHE TRAUM

Dickers Roman arbeitet mit zahlreichen Hypotyposis-Figuren. Bei diesem rhetorischen Stilmittel werden die Leser stärker in die Geschichte miteinbezogen, um die Geschichte realistischer zu machen. Das beschriebene Amerika entspricht daher dem Erfolgsmodell (Amerikanischer Traum), für das es in Europa steht, und so erlebt die Familie des Romans im Land der vielen Möglichkeiten einen fulminanten Aufstieg. Außerdem werden immer wieder bekannte Marken oder Klischees eingestreut, die im kollektiven Gedächtnis an die USA erinnern: Kellnerinnen mit Badges, Motels mit nierenförmigen Pools, die luxuriösen Hamptons, perfekt gepflegte, geometrisch aufgebaute und austauschbare Wohngebiete, die von privaten Wachdiensten überwacht werden (wie sie beispielsweise auch in Fernsehserien wie *Weeds* oder *Desperate Housewives* zu finden sind).

Diese Darstellung entspricht jedoch lediglich einem Teil des heutigen Amerikas, wo in Wirklichkeit zwischen den Reichen (von denen einige ihren Wohlstand Börsenerfolgen zu verdanken haben) und der Mittelschicht (die immer kleiner wird und in die Armut abzurutschen droht) eine große Kluft besteht. Mit seiner Geschichte des schnellen wirtschaftlichen Aufstiegs einer Familie und ihres genauso fulminanten Niedergangs erinnert Dicker die Leser daran, dass der amerikanische Traum relativ ist und es keinen wirklichen Bereich zwischen diesen Extremen gibt. Dabei stellt sich die Frage, welche Hoffnung bei einer solchen Lage und Regierung überhaupt noch besteht.

Die Beschäftigung mit der erst so umjubelten und dann verschrienen Familie lässt die Leser auch ihre eigenen Erwartungen neu ausrichten und darüber nachdenken, ob wirtschaftlicher Erfolg tatsächlich der einzige Lebenszweck ist: Gibt es nicht vielleicht verheißungsvollere, würdigere und wichtigere Dinge als Geld? Was ist Wohlstand eigentlich wert, wenn er auf Kosten anderer, dem Wohlergehen der eigenen Familie und wahren moralischen Werten erworben wurde?

ZUM NACHDENKEN

FRAGEN ZUR VERTIEFUNG

* Ist dieses Buch Deiner Meinung nach eher ein Roman oder ein Tagebuch des Erzählers?
* Handelt es sich bei *Die Geschichte der Baltimores* um einen realistischen Roman? Welche Aspekte sprechen dafür?
* Vergleiche den Zyklus der Goldmans mit anderen literarischen Zyklen, beispielsweise den Rougon-Macquart-Zyklus von Zola (französischer Schriftsteller, 1840-1902). Welche Ähnlichkeiten bestehen?
* Findest Du, dass eine Entwicklung von Marcus Goldman zwischen Dickers beiden Romanen, *Die Wahrheit über den Fall Harry Quebert* und *Die Geschichte der Baltimores* zu erkennen ist?
* Könnte man sagen, dass Marcus Goldman eine Art von Alter Ego von Joël Dicker ist? Begründe Deine Antwort anhand von Textbeispielen.
* Ähneln Marcus Nachforschungen über seine Familie einer polizeilichen Ermittlung? Welche Elemente sprechen dafür?

- Welche anderen Geschichten brüderlicher Rivalität kennst Du? Inwiefern ähneln sie der Handlung in *Die Geschichte der Baltimores*?
- Sollte das amerikanische Wirtschaftsmodell hinterfragt werden? Begründe Deine Antwort.
- Ist die USA noch immer das Land der vielen Möglichkeiten? Warum (nicht)?

Deine Meinung ist uns wichtig!
Hinterlasse doch einen Kommentar auf der Seite
unser Online-Buchhandlung
und teile Deine Favoriten in den sozialen
Netzwerken!

derQuerleser.de

Literatur auf den Punkt gebracht!

DARÜBER HINAUS

HERANGEZOGENE AUSGABE

- Dicker, Joël: *Die Geschichte der Baltimores*. Aus dem Französischen von Brigitte Große und Andrea Alvermann. Piper Verlag: München/Berlin 2016.

SEKUNDÄRLITERATUR

- Binal, Irene: „Wenn drei Freunde dieselbe Frau lieben". *Deutschlandfunk Kultur*. (10.05.2016). https://www.deutschlandfunkkultur.de/joel-dicker-die-geschichte-der-baltimores-wenn-drei-freunde.950.de.html?dram:article_id=353683 (25.10.2018).

- Daum, Matthias: „Der makellose Schweizer". In: *Die Zeit* 19(2016). (28.04.2016). https://www.zeit.de/2016/19/joel-dicker-die-geschichte-der-baltimores (25.10.2018).

- Homepage des Autors (auf Französisch): https://joeldicker.com/ (25.10.2018).

Die präsentierten Inhalte werden vom Herausgeber überprüft, dennoch übernimmt dieser keine Haftung für die inhaltliche Richtigkeit, Vollständigkeit und Aktualität der vorgestellten Inhalte.